LOS MINIMUERTOS

Penoso

Su dueño se lo olvidó en un autobús y el conductor lo llevó a una oficina de objetos perdidos. Allí se murió de pena.

Maya

Era alérgica a la picadura de abejas. Tiró piedras a una colmena y la atacaron. Su comida favorita son las flores.

Achús

Tuvo varias enfermedades. No se sabe cuál de ellas la llevó al Otro Barrio. Le encanta leer, contar historias de miedo y comer helados de fresa y nata.

Dinamito

Intentó fabricar una bomba casera. ¿Te imaginas lo que sucedió? Voló todo por los aires, él incluido.

Lechuza →

Habita entre el mundo de los vivos y el de los muertos. No le gustan demasiado los humanos, pero los Minimuertos le caen genial.

→ Verdura

Vive en la cabeza de Petunio. Se murió comiendo una hoja de verdura con veneno para caracoles. Tiene mal genio.

Petunio

Le cayó en la cabeza, desde un quinto piso, un tiesto de petunias. Le encanta cuidar su jardín. Su mejor amigo es Verdura.

Papel certificado por el Forest Stewardship Council®

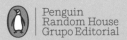

Primera edición: junio de 2021

Printed in Spain – Impreso en España

ISBN: 978-84-204-5666-9
Depósito legal: B-6.673-2021

Compuesto en Punktokomo, S. L.
Impreso en Gráficas 94, S.L.
Sant Quirze del Vallès (Barcelona)

AL 5 6 6 6 9

LEDICIA COSTAS

L☠S
MINIMUERTOS

ESCUELA DE SALVAJES

Ilustraciones de **MAR VILLAR**

ALFAGUARA

Lechuza

¡Hola, ser humano! ¿Te acuerdas de mí? Soy Lechuza, esa ave tan misteriosa a la que le encanta volar del mundo de los vivos al mundo de los menos vivos.

Atravesar mundos consume mucha energía, así que lo ideal es hacerlo con la barriga llena de tu comida favorita; en mi caso, de ratones y murciélagos. ¡Mmm! Me relamo solo de pensarlo. Para mi desgracia, hoy la merienda tendrá

que esperar. Hace unos minutos, ha hecho aparición en el Otro Barrio una desconocida y eso es todo un acontecimiento.

El Otro Barrio es un lugar de ultratumba, aunque no lo parece. Hay casas, edificios, tiendas, un bosque… Y ahí viven los Minimuertos, una pandilla de niños a los que vigilo. Lo de «viven» es solo una forma de hablar, tú ya me entiendes.

Lo importante es que me lo paso genial con sus aventuras. Son divertidos, traviesos y tiernos, por este orden.

Pero estaba hablando de la desconocida recién llegada al Otro Barrio… Me chifla la ropa que lleva, no puede ser más elegante.

Va vestida con un abrigo largo de color gris oscuro, un collar de perlas y un maletín con una cadena dorada. Lleva un moño perfecto, agarrado con un bolígrafo, y las uñas pintadas de rojo.

Cerca de su cabeza, hay un sol que la sigue a todas partes, como si fuese su sombra, pero al revés, porque está arriba en lugar de abajo. La misteriosa desconocida camina como si pisase chinchetas y tiene cara de niña.

Llevo ya un buen rato siguiéndola, volando de rama a rama, con mi discreción habitual. Va directa al cementerio donde, casualmente, los Minimuertos están jugando una partida de bolos.

Se lo están pasando en grande,
pero no ha sido fácil coordinarse.
No había forma de localizar por
ningún lado ni la bola ni los bolos,
así que tuvieron que buscar una

solución. Y la solución resultó ser unos buenos huesos.

Juegan con una calavera que lanzan rodando contra seis fémures y tres peronés.

Tardan un buen rato en colocarlos, pues no es fácil conseguir que se mantengan en pie sin caerse, pero ya le están cogiendo el truco. Por supuesto, le han cambiado el nombre de «partida de bolos» a «partida de huesos». Va ganando Maya. La verdad es que es bastante buena.

No tengo ni idea de lo que esa desconocida puede querer de los Minimuertos, pero pienso averiguarlo. ¡Ay, qué raro camina! Voy a llamarla la Dama Pisachinchetas.

Cruza el cementerio con decisión, atravesando la zona de los mausoleos, que son esas construcciones que hay en los cementerios que casi parecen templos, adornados con columnas y esculturas. Los fantasmas se pelean por poseerlos porque son bonitos y cómodos.

La Dama Pisachinchetas llega al lugar donde se está celebrando la partida de huesos. Poso mis patas sobre la cabeza de un ángel que hay a los pies de una tumba y observo…

—Buenos días —los saluda la Dama Pisachinchetas, después de aclararse la garganta—. Mi nombre es Siniestra, y soy vuestra nueva maestra.

Los Minimuertos detienen la partida unos segundos. Examinan a Siniestra de arriba abajo, con bastante indiferencia, y continúan jugando sin pronunciar palabra, como si aquella mujer no estuviese allí. No parece interesarles demasiado.

—Seguro que no consigo remontar —comenta Penoso, que va último en la clasificación—. Qué mal se me da esto, qué mal se me da todo... Voy a fallar otra vez.

Agarra la calavera con la mano
derecha, metiendo sus deditos por
los ojos, coge impulso y la lanza
contra los huesos. En ese momento,

justo antes de que la bola impacte,
Siniestra pega un salto colosal.
Con la elegancia de una gacela,
intercepta la calavera. La examina
con atención, como si fuese una
experta en huesos, y dice:

—Un Pan Troglodytes... ¡Qué
magnífico ejemplar! Me encantan
estos primates del África tropical
—comenta, con voz de narradora
de documental—. Por esta zona es
bastante difícil de encontrar. Esto
no es para jugar. En el museo tiene
que estar.

Y, sin pedir permiso, mete la calavera en su maletín. Maya la fulmina con la mirada. Aquello le parece una grosería.

—¡Menudo salto acabas de dar! —exclama Petunio, asombrado por la flexibilidad de la desconocida—. ¿Haces gimnasia rítmica?

—Uy, ¡quieto! Echa el freno, detente. No seas impertinente. A una profesora no se la tutea. O la tratas de usted, o la profe se cabrea.

Petunio mira a Siniestra, alucinado. En realidad, todos están bastante sorprendidos por la aparición de esta señora que intenta poner normas nada más llegar.

No están acostumbrados a que alguien les diga lo que tienen que hacer. Y mucho menos a que los interrumpan de esa manera. Jugar es sagrado.

—Venga, niños, que el tiempo vuela. ¡Todos a la escuela! —les

ordena, señalando la puerta del
cementerio.

Al escuchar la palabra «escuela»,
los Minimuertos se parten de risa.

Maya y Dinamito se rebozan

por el suelo. No lo hacen con

mala intención, es evidente que

les sale de manera espontánea.

Incluso Penoso, que siempre

está compungido, llora de risa.

Aunque, en su caso, quizás sus

lágrimas sean de pena y no

de risa, es imposible estar

segura.

El volumen de las carcajadas

de los Minimuertos va aumentando

y Siniestra se va poniendo más y

más rígida. De la tensión, estira

tanto el cuello que le crece unos centímetros.

—Mirad, parece una jirafa —susurra Petunio.

—Sí, sí, muy divertida la bromita esa de interrumpirnos y estirar el cuello —interviene Maya, dirigiéndose a la Dama Pisachinchetas—. Y, ahora que ya nos hemos reído todos, devuélvenos nuestra calavera. Estamos en medio de una partida clasificatoria para la siguiente ronda y esto empieza a ser un fastidio. Me estoy enfriando.

—¿Pero vosotros no habéis escuchado lo que acabo de decir? ¡A la escuela tenéis que ir! Estáis perdiendo un tiempo precioso. ¡No os podéis pasar el día ociosos!

—Ah, ¿no? ¿Y por qué razón? —le pregunta Dinamito.

Siniestra suspira. A continuación, vuelve a estirar el cuello y gira la cabeza 360 grados sobre sí misma. Da tres vueltas completas y vuelve a suspirar.

—¡Cuánto trabajo me espera! Si queréis la calavera, no perdáis el tiempo fuera. Poneos las pilas y coged vuestras mochilas.

—¿Mochilas? —pregunta Petunio—. ¿Para qué queremos mochilas?

—El colegio empieza ahora, y yo soy vuestra profesora.

—Tiempo muerto —dice Maya haciendo una señal con las manos, como si fuese árbitra de baloncesto. Aunque, bien pensado, en el Otro Barrio todo el tiempo es tiempo muerto—. Necesitamos reunirnos.

Los Minimuertos forman una rueda a unos metros de Siniestra y juntan las cabezas, para que no los escuche.

—Esta señora está como unas maracas —afirma Maya—. Hay dos opciones. La primera es pasar de ella, buscar otra calavera y seguir jugando nuestra liga como si nada hubiera pasado.

—¿Y la segunda? —pregunta Dinamito.

—La segunda es fingir que somos buenecitos, dóciles y obedientes y que nos hemos dejado convencer. Asistimos a un par de clases y nos reímos un poco. Puede ser divertido.

—Lo mejor es someterlo a votación —sugiere Achús—. Brazo arriba quien esté a favor de seguir jugando a los bolos.

La única que levanta la mano es Maya. Seguramente porque va ganando y eso la coloca como líder de la clasificación. A todos los demás les interesa cancelar la partida y repetirla en otra ocasión.

—Pues decidido, la democracia ha hablado —dice Achús—. ¡Nos vamos al cole!

Los Minimuertos se acercan
a Siniestra para informarla de la
decisión que acaban de tomar.
Ella empieza a aplaudir,
entusiasmada.

—Habéis entrado en razón,
¡qué emoción! Siempre he tenido
una gran capacidad de persuasión.

—Claro, claro. Lo que usted
diga —murmura Maya—. ¿Dónde
está el cole?

—¿Ni siquiera lo habéis
visitado? Es peor de lo que había
pensado. —Se escandaliza Siniestra.

—Esta mujer es una exagerada —le comenta Achús a Maya al oído—. Si ahora es una plasta, imagínate cómo sería cuando estaba viva. No quiero ni pensarlo…

La Dama Pisachinchetas
hace un gesto a los Minimuertos
para que vayan tras ella y echa
a andar hacia la salida del
cementerio.

Cerca de su cabeza, avanza
el sol que la sigue a todas partes.
Yo alzo el vuelo manteniendo
una distancia de seguridad.

Pasamos por delante de la
tienda de chuches de la Momia
Lola y nos la encontramos en la
calle, cambiándose las vendas
por otras de colores.

—Hola, Lola —la saluda
Petunio—. ¿Te vienes a la escuela?

—Lo siento, tengo prueba de
vestuario y luego ensayo con el
grupo de zombis. Estamos montando
una coreo nueva. ¡Otra vez será!

Continuamos la ruta atravesando la calle donde está la peluquería de hombres lobo y la tienda de ojos. Maya se queda fascinada mirando un par de ojos amarillos que hay en el escaparate.

—Los necesito —le dice a Achús—. Son perfectos, y hacen juego con mi jersey.

—Pues ya ves lo que cuestan… Tendrás que ahorrar un poco.

—¿Ahorrar? Tendré que cogerlos, querrás decir. Esta noche vendré de visita… —añade Maya, ajustándose el antifaz.

Pasamos por delante del parque de bolas. En realidad, debería llamarse Parque de Calaveritas, porque las bolas son calaveras pequeñas.

Seguimos caminando hasta la pastelería en la que venden unos huesos de santo que están para chuparse los dedos. Y, por fin, llegamos a un edificio que lleva mucho tiempo abandonado. Tiene un cartel nuevo, con letras grandes, que anuncia:

ESCUELA DE MUERTOS DE LA MAESTRA SINIESTRA.

En el suelo hay piedras y polvo, como si hubiesen hecho obras recientemente. La fachada está mucho más limpia que semanas atrás y las ventanas tienen cortinas nuevas, con dibujos de nubes, aviones y vampiros.

—¡Adelante, Minimuertos! ¡No hay tiempo que perder, tenemos mucho que hacer! —exclama Siniestra con pasión.

Yo vuelo hasta la ventana de
un aula en la que hay pupitres y
un encerado. Me llevo una pequeña
decepción. Siniestra parecía una
profesora de esas modernas que
usan pizarras digitales y en este

ESCUELA DE MUERTOS
DE LA MAESTRA SINIESTRA

colegio no hay ni una. No sé
cómo van a tomarse esto los
Minimuertos. Ellos están a la
última y les encanta la tecnología.

La profesora entra después de
los Minimuertos.

Cierra la puerta y va directa a la pizarra. El sol continúa cerca de su cabeza, nunca la abandona. Con una tiza, escribe su nombre en letras grandes.

—Empezaré por hablarlos brevemente de mí. Supongo que

tenéis curiosidad por saber cómo
morí. Tan solo recuerdo que era
una tarde lúgubre. Quise cruzar
la carretera y me atropelló un
enorme coche fúnebre. Volé por
los aires como un pajarillo, y mi
cabeza aterrizó contra un bordillo.

—¡OOOOOH! —exclaman los
Minimuertos, fascinados.

—Yo no sé lo que significa
la palabra «lúgubre» —confiesa
Dinamito.

Siniestra coge de su maletín un
diccionario para leer la definición,

pero Achús se le adelanta. Es una gran lectora y no hay palabra que se le resista…

—Se refiere a que el cielo estaba oscuro. Ya sabes, tétrico, como el interior de la tienda de zumos para vampiros que hay en la calle de al lado.

—¿El Vampirín? —apunta Dinamito—. ¡Me encantan los techos! Desde que los pintaron de negro y adoptaron a una familia de tarántulas el local ha ganado mucho.

—Eso de «una tarde lúgubre» no cuela —protesta Maya, en voz baja—. ¡Pero si la profesora lleva un sol todo el rato encima de la cabeza! ¿Cómo es eso posible?

—Un muerto veterano con bastante criterio me sugirió que

estudiase Magisterio —prosigue Siniestra, ignorando el comentario de Maya—. Encontré mi vocación y adoro mi profesión.

Todos los Minimuertos, excepto Maya, que parece algo desconfiada, empiezan a aplaudir. A Siniestra le brillan los ojos

cuando habla de su trabajo. Parece de verdad orgullosa de ser maestra.

—Y ahora… ¡Al lío! Voy a enseñaros Matemáticas e Historia. A hacer tarta de zanahoria y pollo en pepitoria. Pero antes de esto, prestad mucha atención. Llevo varios días de observación y he llegado a una conclusión. Necesitáis aprender modales, que parecéis animales.

Siniestra escribe en la pizarra la palabra PROTOCOLO y decora las letras con flores y estrellitas de colores.

—Empezaremos por vuestra indumentaria. ¿No os parece ordinaria? Achús, te pasas el día en pijama, que es una prenda de cama.

Achús examina su vestimenta con indiferencia.

—¿Qué tiene de malo mi pijama? ¡A mí me parece chulísimo!

—Silencio, que estoy hablando. Minimuerta, me estás molestando —la riñe Siniestra—. ¿Y tú dónde vas con tanta raya? Existen otros estampados, Maya. ¿Y ese look hawaiano? ¡Petunio, que no es verano!

A continuación, la toma con Dinamito:

—Para vosotros todo es un juego. Dinamito, ¿qué es ese pelo

de fuego? La cabeza despejada para clase es la adecuada.

—¿Algún problema con las cosas que están en las cabezas? —se da por aludido Verdura, saliendo de Carnívora, la planta hambrienta que Petunio tiene en la cabeza.

—Pues ya que lo preguntas con tanto interés… —comenta Siniestra.

Se va directa al armario, coge una red de cazar insectos y atrapa a Verdura con un gesto ágil que nadie vio venir.

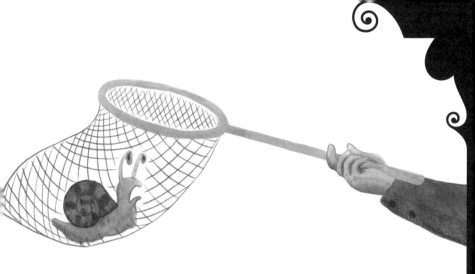

—¡Socorro, auxilio! —grita
el caracol.

—Tú tranquilo, molusco
gasterópodo, te voy a colocar en un
sitio donde vas a estar muy cómodo.

Siniestra saca de su maletín
un repollo, le arranca una hoja y la
pone sobre su mesa. Luego coloca
al caracol encima. Sin decir una

sola palabra, Verdura empieza
a comer el delicioso manjar. El
enfado se le pasa de repente.

—¡Prosigamos! Os voy a mostrar
un catálogo de peinados.

Siniestra empieza a dibujar en
la pizarra tipos de peinados que,
según ella, son ideales para
muertos. Da gusto verla manejar
las tizas, dibuja genial y se le da de
maravilla combinar colores.

—Veréis lo guapos y elegantes
que vais a estar de ahora en
adelante.

—Mis llamas son indomables —se queja Dinamito—. Yo no puedo hacerme ninguno de esos peinados, y mucho menos llevar sombrero. ¡Ardería, estoy seguro!

Debajo del catálogo de los peinados empieza a dibujar unos modelitos y posibles complementos que ella considera apropiados para los Minimuertos. A ellos, por el contrario, no les gustan nada. Por las caras que ponen, es evidente que les parecen espantosos, en especial el del esqueleto. Observan la pizarra con la boca abierta.

—¡Yo me niego a hacer nudismo! —protesta Achús, abrochándose la bata hasta arriba.

—Yo menos, ¡qué horror!

—se suma Petunio.

—Pues anda que esos peinados… No pueden ser más ridículos —opina Maya—. Esta señora está equivocada si piensa que voy a ser su conejilla de Indias.

Están escandalizados con las propuestas de peinados y de vestimenta. Ellos son almas libres y salvajes. Curiosamente, en lugar de enfadarse, a Siniestra parece que le hacen gracia los comentarios de los Minimuertos.

Me da la impresión de que está disimulando. Acabo de ver cómo se tapa la boca para que no vean cómo se ríe.

—Pues a mí me da igual lo que haga Siniestra con mi ropa. Solo soy un oso de poca monta, alguien totalmente secundario en esta tropa —se lamenta Penoso, siempre dispuesto a animar a todo el mundo con su optimismo.

—Oh, ¡parece muy listo este oso! —exclama la profesora, encantada de que Penoso sea tan manejable—. Tú serás el primero en escoger modelo, Penoso. ¡Y será fabuloso!

—No será fabuloso, será horroroso —argumenta Penoso—. Pero a mí me da igual, yo me dejo manejar. Solo quiero llorar y llorar. O mejor todavía, me voy a deshilachar.

Entonces, tira de un hilo que tiene en una costura hasta que empieza a salir por fuera el relleno blanco de su interior.

—¿Pero a este qué mosca le ha picado? —le pregunta Dinamito a

Maya—. Está un poco desvariado.
Algo le pasa en la boca, habla igual
que esa loca. ¿Será contagioso?

Pobre Penoso. ¡Buaaaaah! Sí que
me he contagiado, ¡estoy hablando
rimando!

—Ya está bien. ¡No lo soporto
más! Es hora de largarnos de aquí
—se envalentona Maya—. No
tenemos por qué aguantar todas

estas tonterías. Ha sido un error venir al colegio. Ya sabía yo que era mejor seguir jugando la liga de huesos. A la de tres, todos en pie y salimos pitando.

—¿Ah, sí? ¿Y por dónde pensáis escapar? —dice Siniestra

algo despistada, aunque bien atenta a las instrucciones de Maya.

—Por la puerta —contesta Maya toda tranquila, mirándola como se mira a la gente que te cae mal.

Siniestra saca la llave del bolsillo y la muestra unos segundos.

—Minimuerta de pacotilla, la llave está en mi bolsilla.

—¿Bolsilla? ¿Pero qué dice?

—A Petunio aquello no le cuadra—. Ha dicho «bolsilla» en vez de «bolsillo»… Aquí está pasando algo raro.

—¿Nos has secuestrado? —pregunta Achús—. Eso es ilegal, se te va a caer el pelo.

—¿No me digas, repelente? ¿Y quién va a venir a detenerme? ¿La policía de los muertos vivientes? —pregunta guardando de nuevo la llave en su bolsillo.

—Esta señora no sabe con quién está hablando. —Maya se sube a la silla y, de ahí, a la mesa, para ponerse a su altura—. Siniestra, somos los Minimuertos. No necesitamos policía, nos bastamos

nosotros solitos. Ábrenos la puerta
ahora mismo o montamos un pollo.

—Bájate de ahí, Minimuerta,
que pareces una salvaje sacada de…,
de…, de…, ¡de una huerta! —dice
por fin, después de pensárselo un
buen rato.

—No parezco una salvaje. ¡Soy una salvaje! —grita Maya, con los puños apretados.

—¿Qué le pasa a Siniestra con las rimas? —le pregunta Petunio a Dinamito. Se ha dado cuenta de que algo sospechoso está pasando—. Parece que le cuesta.

—Llegó aquí rimando como una rapera y ahora parece una persona cualquiera —le contesta Dinamito—. Además de secuestradora, timadora.

La cosa se está poniendo fea. Toda la pandilla de los Minimuertos imita a Maya. Se suben a las mesas y miran a Siniestra de manera desafiante hasta que les salen de los ojos rayos y centellas. Empiezan a dar patadas en las mesas, haciendo un ruido ensordecedor. El único que no se ha movido es Penoso, que sigue sentado en su silla:

—Yo no aguanto esta presión, me quiero morir del tirón.

—¿Pero aún no te has enterado de que ya estás muerto? —le suelta Dinamito.

—Pues me quiero morir otra vez —contesta Penoso, caminando hacia la ventana—. ¡Adiós, mundo cruel!

Tengo que hacerme a un lado para que Penoso se lance por la ventana desde la que estoy observándolo todo. Obviamente, no sucede lo que el oso espera porque es imposible morirse dos veces. Su cuerpo mullido y esponjoso rebota contra el suelo de la calle una, dos, tres, cuatro ¡y cinco veces! Cada vez más alto,

como si estuviese saltando en
una cama elástica.

—¡Socorrooooo! ¡No puedo
parar! —grita.

Los Minimuertos se asoman
por la ventana y alucinan al ver los
saltos de su amigo de peluche. Sin
perder tiempo, empiezan a tirarse

uno por uno. Están entusiasmados,
aquello es como una visita al
parque de atracciones.

—¡Qué divertido! —dice
Maya—. Casi tanto como jugar a
los bolos. ¡Allá voy! —exclama,
preparada para lanzarse al vacío
siguiendo los pasos de Penoso.

—Quietos, salvajes, ¡tenemos que continuar con las clases! ¿Dónde creéis que vais? ¡Estáis muy bien donde estáis! —dice Siniestra, en un intento desesperado de detener a los Minimuertos.

Pero a aquellas alturas nadie le hace ni caso. La ignoran, como si fuese parte del mobiliario del aula. Se tiran uno detrás de otro y rebotan contra el suelo entre gritos de alegría.

—¡Más alto, más alto, más altooooo! —chilla Achús, estornudando entre salto y salto.

La gente que pasea por el Otro Barrio observa el espectáculo con algo de envidia. Se lo están pasando tan bien que dan ganas de sumarse a la fiesta.

Un buen rato después, cuando se cansan del juego, regresan al cementerio y retoman la partida de huesos. Los Minimuertos jamás desaprovechan una oportunidad de jugar… ¡No hay descanso para la diversión!

Le toca a Penoso lanzar la bola, pero tiene un problema. Cada vez que estira el brazo para coger impulso, se le sale más el relleno por el agujero que se hizo

al tirar del hilo, y eso lo está
desequilibrando. Ha perdido
bastante masa corporal.

—¡Menuda has liado! —lo riñe
Dinamito—. No te puedes poner así,
Penoso. Tienes que aprender a
controlarte. ¿Qué hacemos contigo
ahora? Como sigas perdiendo
relleno, te vas a quedar en los huesos.

—¡No quiero ser un esqueleto!
Los esqueletos van desnudos y a
mí eso me da mucha vergüenza
—contesta Penoso, echándose
a llorar otra vez.

—Creo que tiene una depresión. Está triste todo el rato y no para de llorar, los síntomas están claros —opina Achús, echándole un brazo por encima del hombro—. Vamos a tener que llevarlo a un psicólogo para que lo ayude a controlar toda esa tristeza y todas esas lágrimas.

—No es mala idea, pero antes hay que solucionar el problema del relleno —interviene Petunio—. Se está quedando fofo. Además de al psicólogo, habrá que llevarlo

también al nutricionista. ¡Esto es
un desastre! ¿Qué podemos hacer?

Piensan cómo arreglar a Penoso,
pero no se les ocurre cómo. Tampoco
ayuda el hecho de que no pare de
llorar. Ahora mismo le ha entrado el
hipo y continúa sollozando encima
de un charco de lágrimas.

—No llores más, Penoso
—intenta consolarlo Achús—. Te
rellenaremos de nuevo, ya verás.

—Pues ya me explicarás
cómo… —murmura Petunio,
un poco frustrado.

Entonces, aparece de nuevo alguien con quien ya no contaban…

¡Es Siniestra!

—Si me dejáis, yo puedo ayudaros —se ofrece, con voz dulce.

—La que faltaba. ¿Otra vez tú? ¿No has tenido suficiente? ¿Quieres jaleo o qué? —la reta Maya.

En ese instante, sucede algo inesperado. Siniestra se quita el abrigo y lo lanza por los aires, dejando a la vista algo que ninguno de los Minimuertos se había imaginado…

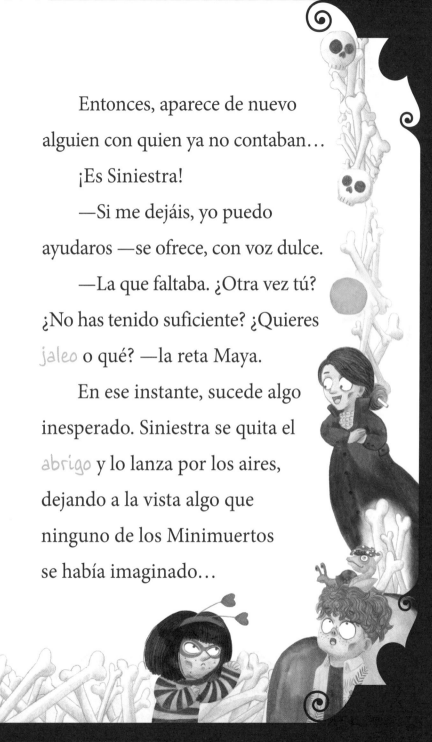

¡Está subida sobre los hombros de un niño que se parece mucho a ella! La niña antes conocida como Siniestra pega un salto colosal con triple tirabuzón y aterriza en el suelo.

—¡Eres una impostora! —la acusa Maya, señalándola con el dedo. Parece furiosa.

—En realidad somos dos impostores —confiesa la niña—.

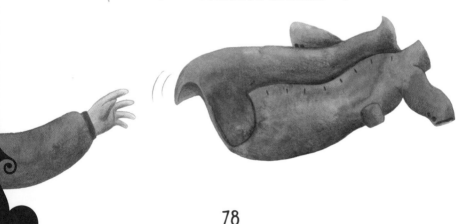

Os presento a mi hermano. Él
se llama Auto y yo, Caravana.

Todos se quedan en silencio.
Yo misma no consigo todavía
comprender todo ese montaje

de la maestra Siniestra. Sospecho que ha sido una travesura.

—No os enfadéis —les pide Auto—. Solo queremos ser vuestros amigos.

Es un niño bastante guapo. Lleva un jersey de lunares de colores y un pantalón bombacho. Tiene los ojos grandes, y de ellos sale una potente luz, como los faros de un coche. Camina un poco raro, cojea de una pierna.

—No sabíamos cómo presentarnos, así que decidimos

organizar esta broma —continúa
Caravana—. Sentimos haberlo
llevado tan lejos. Solo queríamos
pareceros divertidos, para que
nos aceptaseis en vuestro
grupo.

—¿Entonces no eres profesora?
—le pregunta Petunio.

—Qué va, si solo soy una niña
—contesta Caravana.

—¿Y no hablas con rimas?

—¡Jamás! De hecho, me parece
una cursilada. Ya no aguantaba más
hablando así.

Maya mira a los dos niños nuevos con el ceño fruncido. La broma no le ha hecho ni pizca de gracia.

—Si os parece bien, yo puedo arreglar a Penoso —se ofrece Caravana, sacando aguja e hilo del bolsillo.

—Cose de maravilla, le enseñé yo a hacer punto de cruz —la apoya Auto.

—¿Y cuándo habéis llegado al Otro Barrio? —quiere saber Dinamito.

—Esta mañana —contesta
Auto—. Íbamos de viaje en
autocaravana y una manada de
jabalíes se cruzó en nuestro
camino. Papá iba al volante. El sol
lo cegó y no pudo esquivarlos.
El resto podéis imaginarlo…

—¡Pues qué bien os lo habéis tomado! —interviene Petunio—. El último niño que apareció aquí no paraba de quejarse y de repetir que quería volver con sus padres. Era un poco plasta, ahora que lo pienso. Vosotros parecéis simpáticos.

—Si, simpatiquísimos —protesta Maya, que sigue molesta por la que han montado.

Caravana se acerca a Penoso y le acaricia la cabeza.

—Te voy a hacer un zurcido genial. ¿Me dejas?

Penoso se sorbe los mocos
y le dice que sí con la cabeza.
Cualquier cosa es mejor que
seguir perdiendo relleno. Auto
no mentía cuando afirmó que
su hermana cosía bien. En un
periquete le hace un arreglo
estupendo y Penoso recupera
un poco el ánimo. Ha conseguido
dejar de llorar y todo.

—Muchas gracias, Caravana.
He quedado casi como nuevo.

—¿Nos perdonáis? —pregunta
ella.

—¡Tiempo muerto! —grita
Maya antes de que nadie conteste,
haciendo la señal de árbitra de
baloncesto.

Los Minimuertos se abrazan
y acercan sus cabezas para pensar

todos juntos. Estoy segura de que van a admitir en la pandilla a Auto y Caravana. Quizás se pasaron un poco con la broma, pero Caravana ha arreglado a Penoso y eso es algo muy importante para todos. En el fondo, ser amigos consiste en eso. En saber aceptar que alguien puede meter la pata y, a pesar de ello, darle una oportunidad.

Minutos después, están todos jugando a los bolos. También Auto y Caravana.

Maya ya no los mira con el ceño fruncido. Parece que se le ha pasado el enfado.

El día está a punto de terminar. Toca alzar el vuelo. Desde el aire, escucho las risas de los Minimuertos y eso me hace sentir bien.

¿TIENES GANAS DE LEER MÁS AVENTURAS DE LOS MINIMUERTOS?

Este libro se terminó de imprimir
en el mes de junio de 2021.